HISTORIA
DE UN HOMBRE
DEVASTADO
POR EL SIGLO VEINTE

F. LAGUNA CORREA

Rayo Press
California

© Rayo Press, 2020
LA, California
© F. Laguna Correa
ISBN: 9798619161601

*a LDLC,
mi hermano.*

"Yo era tan feliz como sólo puede serlo
un muchacho de veinte años cuando
no tiene una mujer"
La Broma
Milan Kundera

AMANECER

a N. Fuentes Lemus,
in memoriam

Conocí a Natasha en el cinematógrafo El Fósforo, en San Ildefonso, la noche que proyectaron *8½* de Fellini. Cuando salimos a la oscuridad esmaltada de la calle, le pregunté si le había gustado la película. Me miró como si yo fuera un extraterrestre y mi rostro estuviera lleno de innumerables ojos caníbales.

La neta esa película es una mierda, y lo dijo sin dejar de observarme directo a los ojos como imagino que hacen los halcones justo antes de apresar a una víctima. Sin apartar la mirada de mis ojos, me preguntó si fumaba marihuana. Sólo hasta ese momento la examiné de pies a cabeza, concluyendo que tenía buenas piernas y la mirada más desquiciada que había visto en el rostro de una mujer.

Nos encaminamos hacia el barrio del Carmen. Nunca había recorrido de noche aquellas calles con nombres de países centroamericanos y sudamericanos. Natasha no dejó de hablar en todo el trayecto. Al principio hablaba de la sinrazón de la película de Fellini, pero a medida que nos internábamos por el laberinto de las repúblicas sudamericanas se concentró exclusivamente en las dosis de morfina y las anfetaminas que le alegraban los días.

La vida es una cosa bien chistosa, mi buen, dijo justo cuando traspasamos el umbral derruido de una vecindad de República de Venezuela.

Subimos unas escaleras en forma de caracol hasta el tercer piso. Natasha se llevó el dedo índice a la boca y me dijo *calladito, mi buen, a esta ruca no le gustan los preguntones,* después tocó con cautela una puerta que tenía un número quince pintado con plumín verde. Una niña en piyama abrió la puerta y nos miró con indiferencia, como si frente a ella sólo flotaran partículas microscópicas, inaprensibles para el ojo humano. Natasha le preguntó si estaba La Jefa, pero la niña no respondió, entonces Natasha se abrió pasó y yo simplemente la seguí.

En una salita iluminada con precariedad, una mujer anciana y gorda miraba el televisor desde un sillón desvencijado. La mujer se reía a carcajadas: en la tele estaban pasando una película de Alfonso Zayas que yo no había visto.

¿Qué te sirvo hoy, mijita?, preguntó la vieja sin dejar de mirar el televisor.

Sólo vengo por unos gansitos, jefa, este carnal (y me señaló con la mano) *quiere probarlos.* Entonces la vieja sacó de su mandil tres envoltorios de color rosado y se los extendió a Natasha.

Órale mi buen, págale a la jefa, espetó Natasha sin desplazar su mirada del televisor.

¿Cuánto?, respondí con mi voz de idiota,

apreciando el perfil romano de Natasha y reprimiendo mis ganas de acariciarle la barbilla.

La vieja se desternilló en ese momento: Alfonso Zayas había hilado una serie de albures que ni siquiera comprendí. Natasha también se rió, pero su risa era más bien hacia sí misma, como si un viento lúgubre le hubiera cosquilleado las entrañas.

Son ciento veinte pesos, mijito..., dijo al fin la vieja sin apartar la vista del televisor.

*

Cuando salimos de la vecindad, la calle parecía más desierta y destartalada que nunca, como si durante el lapso que habíamos pasado en el apartamento de la vieja, los estadounidenses hubieran dejado caer una bomba silenciosa, pero irreparable, en el corazón de la Ciudad de México. La sirena de una ambulancia rompió el incómodo silencio que había entre Natasha y yo, entonces rehicimos el camino de regreso a San Ildefonso.

Qué droga son los gansitos, le pregunté cuando llegamos al Museo de la Luz, pero ni siquiera me volteó a ver: caminaba muy de prisa, como si fuéramos a llegar tarde a una cita importante. Intenté agarrarla del brazo, para preguntarle qué carajos pasaba, para decirle que yo quería mis ciento veinte pesos y no unos pinches gansitos, pero Natasha dio un salto y de su boca salieron palabras con ojos inflamados e igual de desquiciados que los suyos.

Nomás no me toques, mi buen, me reemputa que me toquen, y rehízo el paso aún más decidida que antes. Me detuve a mitad de la calle y la observé alejarse hacia Venustiano Carranza. No cabía duda que tenía buenas piernas: sus *bluejeans* apretaban la masa rigurosa y carnosa de sus glúteos con parsimonia, dejando apenas entrever las formas bien definidas que se ocultaban debajo de la mezclilla deslavada. La alcancé corriendo y nos encaminamos al Zócalo por la calle de República de Guatemala. En Motolinía viramos a la izquierda. Natasha se detuvo en la primera tortería que encontró abierta y pidió una torta de pierna y una Fanta. Le dio dos mordidas a la torta y me la pasó.

Y ahora, adónde me vas a llevar, pregunté mientras observaba a Natasha darle el último trago a la botella anaranjada.

Me miró con pereza, sin mover los labios; dejó el envase sobre la mesa y salió de la tortería de prisa. Permanecí sentado un par de segundos más sólo para mirar cómo se alejaba de mí, luego me levanté y eché a andar detrás de ella.

La película de Fellini había sido un mal comienzo, pero si me aferraba y no me dejaba intimidar, pensé, con seguridad terminaríamos en la cama aquella noche.

¿Quieres ir al Bósforo?, le propuse a Natasha, que por momentos apresuraba el paso y me dejaba atrás, pero se limitó a decirme que caminara y dejara de hablar, y agregó que si lo que planeaba era cogérmela que estaba pero si bien equivocado, que con un gansito y una torta de pavo no se pagaban las nalgas de la virgen. A gritos le di a entender que yo no era un oportunista y que lo único que quería era conocerla.

Subimos por el Eje Central hasta el Palacio de Bellas Artes. Nos sentamos en las jardineras. Natasha me miró como si fuera a reírse y me pidió que le contara algo entretenido.

¿Cómo que algo entretenido?, mi voz brotó como un riachuelo estulto a punto de secarse.

Me miró con condescendencia, sin que sus ojos dejaran de parecer desquiciados meteoritos a punto de estrellarse con el planeta Tierra.

Entonces qué sabes hacer, mi buen, con esa cara de cagado que tienes algo entretenido podrás hacer, afirmó y de inmediato comenzó a desenvolver uno de los envoltorios rosados que le había dado la vieja.

Pinto, respondí, sin dejar de mirar las musas de mármol del Palacio de Bellas Artes.

Se echó a reír sin dejar de escrutar el envoltorio de papel rosado, en cuyo interior había una diminuta gota de cera embarrada en papel de celofán color azul pálido.

Pinto paisajes, insistí.

Natasha se carcajeó, su risa también era desquiciada, una especie de aullido en estado de ebullición. Se puso de pie y estiró los brazos. Bostezó. Luego me dijo que tenía que irse y que por nada del mundo la fuera a seguir.

Te puedes arrepentir, mi buen, mejor quédate aquí sentadito cachando inspiración, y tras sentenciar su amenaza extrajo una angosta pipa de metal y sin dilación depositó el "gansito" en el hornillo, el cual incineró con un fogonazo de mechero: bastó con apreciar la desfiguración que se apoderó de su rostro para comprender que el "gansito" producía un humo poderoso y persuasivo.

Tras una última chupada a la pipa, elevó la mirada para ofrecerme sus pupilas dilatadas: el blanco de sus ojos exhibía una delgadísima e intrincada red de venillas color sangre. Dio la media vuelta y echó andar. La miré alejarse anonadado, sintiendo cómo la semilla del enamoramiento comenzaba a echar sus torcidos brotes dentro de mí.

La busqué cada noche: en la puerta del cinematógrafo El Fósforo, en el umbral derruido de la vecindad de la vieja que vendía los gansitos, frente al Palacio de Bellas artes, pero ya nunca la volví a ver. Hasta una mañana que hojeando un periódico amarillista vi su rostro en las páginas de sociales debajo del siguiente encabezado: "Hija del escritor Carlos Fuentes es hallada sin vida en Tepito, todo indica que murió de una sobredosis. Vecinos de la colonia, conocida por sus altos índices de delincuencia y sus campeones mundiales de boxeo, la encontraron al amanecer tirada afuera de una vecindad".

Fue sólo a partir de esa noticia que busqué un libro de Carlos Fuentes en las librerías de viejo de Donceles. Hallé, en una pila de libros empolvados que al parecer nadie había ni siquiera abierto, *Cambio de piel* (1967) y comencé a leer del mismo modo que comienzo a leer todos los libros, desde el final: "Adiós, dragona. Y no olvides a tu cuate".

MOURNING

What I saw and what I felt is something I still have with me,
something that is very pure original death.
"The Salamanders"
Tomás Rivera

During my last year as an undergraduate student of English Philology at the National University of Mexico, a woman wearing a suit explained in front of the class that, as students of English, we were all eligible to apply for a one-semester scholarship to study and work in the United States. Very few people at my university were interested in studying in the United States. Most of us, as it was the tradition among our professors, desired to complete a graduate degree somewhere in Europe, ideally in France or Spain. For that reason, it was enough to apply for the scholarship to receive a few weeks later a letter in the mail that congratulated me for being selected to study one semester at Portland State University. The letter specified that an agency was going to find me a job related to my experience and professional skills. I wore my best clothes for the visa interview at the American Consulate, where a blonde and sickling-looking man asked me, "Where were you on September 11, 2001?" I remembered many details of that morning, I was in my advanced English syntax seminar, when someone interrupted the class and invited everyone to watch on television what had just happened in New York City. On the television screen, like a *mise en abyme*, it was repeated over and over the precise instant when those airplanes collapsed against the World Trade Center.

A semester prior, I had taken a seminar called "The Origins of Neoliberalism in Latin America," for that reason when I first saw the airplanes perforating the structure of those famous buildings, at first I felt as if finally Something Big was happening during my historical human experience, and that the worst enemy of the Latin American economic independence was finally going down. It was very common to hear at the National University students and professors proclaiming intellectual explanations of the political and economic measures deployed by the

United States in Latin American with the sole purpose of maintaining economic hegemony despite the human lives eradicated during that process. "A global war is starting," I thought, but I avoided to show any feelings around my classmates and professors, not for fear to be labeled as an anti-American. Not at all, at the National University most people with common sense were openly anti-American. My reasons were different, I was myself surprised of the kind of joy that I experienced when I saw the Twin Towers collapsing, so I remained as serious as possible while I was observing next to my peers and professors what eventually was labeled as "9/11." Even though all of that came to my memory when the pale man asked me where was I on September 11, 2001?, I simply replied, "at the university," trying to show no emotion whatsoever, even though keeping the truth contained inside myself was quite an onerous task. He looked straight into my eyes, for his facial expression one could say he had been constipated for several days, and after a final glare inside my dark pupils, the blonde guy approved with a stamp mark my special visa, which granted me both the right to study and work in the United States for a very definite period of time.

My parents seemed excited, though dad lamented that Portland did not have a professional baseball team. Dad was big into baseball, he had himself played professional ball in Mexico. Everyone in mom's family called my father "Smoke Ball," apparently because Smoke Ball was also the title of a Mexican film —starring famous actor Resortes— about a foolish baseball pitcher. All my uncles, aunts and grandparents had traveled at least once as tourists to the United States, always to major cities and only for a few days. My father, for example, once went to California only to go to the baseball games. "Everyone is so happy watching baseball!" Dad usually said, convinced that American people were all together this great human soul that discovered happiness and kindness through baseball, drinking beer, and laughing for no apparent reason... I mention this to make as clear as possible that —before my personal encounters with American people— I had been told two opposite legends about the United States: 1) they are the origin of neoliberalism in Latin America, thus they are The Enemy, and 2) they are the kindest people ever just because they share with dad an irrational love for baseball.

My parents hugged me at the airport and wished me a great "international" experience. "We are so proud of you, but be careful, do not go out in the night, the United States is a very dangerous place," mom said while hugging me as if I had won a free rocket ride to visit an unknown kingdom. And dad, hugging me too, told me, "too bad there is no baseball in Portland…. I'll miss you, son, and be careful as your mother said."

*

I arrived in Portland one rainy night of January. A couple of Anglo-American people, holding a sign of the scholarship agency, was waiting for me at the airport. I approached them smiling, chewing in my mind the best words to introduce myself. "Hello, I am F.," I uttered, but the couple looked at each other as if everything was a confusion and they were at the airport just to let me know that my real name was other and not F. After a brief and awkward exchange of glares, they introduced themselves. Her name was Rachel and his Matt.

The guy, after saying his name, furrowed his eyebrows and almost spelling out his syllables asked me if I spoke English, and before I said anything he added, "yo hablar pekito espaniol, I am almost fluent in Spanish…"

I had understood that I was going to live in a dorm for students, but the couple drove me to a small red brick building located a few minutes from the university. "You are going to share an apartment with another PSU student, or that's what I was told," Rachel said. And once the car was fully stopped in front of the building —a small waterless fountain guarded the building's front,— she asked Matt to take me to the apartment. Before we stepped outside the car,

Rachel gave me a piece of paper with information about the process to complete my enrollment at PSU and the contact info of the agency that was going to find me a job.

"I thought you were going to find me a job, or how many agencies are involved in the process?," I inquired, reading over and over the piece of paper to make sure that I was understanding well.

Rachel turned around from the driver's seat, her facial expression suggested a total lack of interest in the subject, then —pointing at the piece of paper in my hands— she confessed, "the contact person of the agency, Raven, is our friend, she was supposed to pick you up but had something else to do. You should contact Raven or the number on that paper. Do you understand…?"

On the way up to the third floor, while I was staring at the old control board of the elevator, Matt told me that once he'd been in Mexico.

"Where?" I inquired, hoping to engage in a meaningful conversation about my place of origin.

"I went to Baja with some friends, I had to be the interpreter 'cause the natives did not speak any English. Next I want to go to Perú, I am very interested in the Third World…"

I nodded, observing Matt's hipster beard, his flannel shirt had a few stains of grease and ketchup scattered like an archipelago around the chest.

He knocked on the door with the number 310 a few times until a guy about my age opened the door. The guy had just woken up and at first it seemed that he did not know what was going on.

"The exchange guy is here," Matt said to clarify the situation —a strong marijuana odor floating allover the apartment.

"Oh, yeah, the Mexican," the guy said scrubbing his eyes with the back of his left hand. "Well," he added, "this is the place, buddy, come in and make yourself comfortable."

Matt excused himself and said that Rachel was waiting for him downstairs.

"Well, it was good to meet you, *ameego*," Matt said and walked away towards the elevator, and I never saw him or Rachel again.

*

The exchange program required me to take a class in the early morning and another at night. In between the classes, I made a commute of about one hour to Lewelling Elementary School, where I was assigned to work as a teaching assistant for learners of English as a Second Language (ESL). All my students were from Mexico, with the exception of Phuong, a Vietnamese seven-year-old girl who had arrived to the US a month prior, and Sergey, also a seven-year-old Ukrainian kid that seemed deeply depressed. No single teacher at the school spoke a second language, including the ESL teacher, for that reason as soon as they heard that a "Spanish" person was working for them, all the matters related to the "Hispanic" students became part of my job.

Everyday, the ESL teacher gave me handouts to review with the students, usually sentence completion exercises and vocabulary activities. We used to begin every session focusing on the task, but after a few minutes of work the kids used to put their pencils down and in unison asked me, "maestro, ¿podemos salir a caminar para platicar?"

It was during those walks that I learned about the migratory stories of the ESL kids, who despite their young age had been forced to start maturing early. They all talked about coyotes, deportations, La Migra, white cops, and knew that at any moment their family would have to go back to Mexico. "La Migra deported my mom last year, maestro," a little girl from southern Mexico once told me, knowing that her life in Oregon was probably transitory.

I used to get back to the apartment around ten, and it was common to find all the lights off and a smell of weed floating in the air. I never learned the name of my roommate. He did not bother to introduce himself, and the few times that

I saw him around he would invariably say, "What's up, bud," and nothing else. If I left milk and eggs in the fridge, he would eat them without replacing anything. The agency paid my rent and gave me a thin monthly check for my work at Lewelling, barely enough to cover my transportation expenses and daily meals. And that was my life in Oregon for about five months, until I was introduced to Alberto, a sixth grader who had crossed the Rio Grande river on the back of his mother when he was only twelve months old.

*

It was drizzling, a soft wind was shaking the branches of the oaks, but despite the weather many kids were playing tag outside, getting wet slowly under the thin shreds of rain. I was observing the scene from the window of the ESL classroom, placing the crayons in their boxes, already wishing to complete my semester in Oregon to go back home. Portland, if I am honest, had been quite disappointing. Not only I had not made one single friend at the university, everyone seemed too absorbed in their routine to make space to hang out with an exchange student from Mexico. And the ESL teacher, a robust and redhead young woman native from Portland, never showed interest in using me to learn at least some Spanish. I sensed from her a hostility anchored in the very fact the she was obsessively conscious that I knew that she did not have neither conversational knowledge of a language other than English. Often she used to rant about the ESL kids, "these children learn very slowly, I know that English is the most difficult language, but there you have Pedro, he does not know who is Abraham Lincoln or Benjamin Franklin. What do they teach kids in Mexico…?"

I had finished placing all the crayons in their boxes, when the sixth grade teacher entered the ESL classroom and, after clearing her throat, she asked at point-blank range if it was difficult to exit the MS13 gang. I replied with the truth, "I do not what is MS13…," but looking at my head —I have always kept my hair quite short— she reformulated her question: "perhaps in Mexico it has a different name, it is an organized gang, you know?" I nodded negatively. "Well, it does not really matter," she continued, and in dribs and drabs she explained that one of her students, "a Mexican kid apparently involved with the MS13," was struggling a lot in her class and she was even considering failing him. She thought that perhaps I would be interested in spending time with him as his mentor. "You know, it is very uncommon to find Latino men working in Elementary Schools, perhaps he would listen to you, he does not listen to me anymore, every time I tell him to do something he looks away..."

Every other day I used to meet Alberto after classes to play basketball and go for long walks around the school. The teacher also arranged for me to meet his mother, a lady in his forties that spoke little English and worked long hours as a housemaid. She told me that Alberto's father had passed away a year prior, "mi esposo murió en un accidente de trabajo," he was a construction worker and had fallen down from a tenth floor while he was operating heavy machinery. The company had refused to give anything to Alberto's family, "they did not even pay the cremation of the body," Alberto told me, throwing a fist to the air and kicking the basketball...

*

One week before heading back home, the principal called me to her office through the speakers. Alberto's mother was standing alone in the middle of the school's front yard, where the kids usually played dodge ball, but at that time of the morning it was empty. It was drizzling, all my memories of Portland are covered in drizzle, that sickling rain that falls down from the tempestuous sky like thin shreds of tears, but her face was even more somber than the sky. Without preambles, she told me that Alberto's father had crossed to the U.S. bringing along a pistol that once belonged to his father, a family relic. Since the accident, Alberto had been asking for the gun, arguing that his father once told him that the day he died he was going to pass the relic on to him.

"the pistol is not where I hid it and Alberto did not come to school today," her voice seemed to emerge from a very dark chamber, it was deep and metallic.

"was the pistol charged?," I automatically replied, remembering an American show about detectives I had watched recently on my computer.

"ay… pues creo que sí tenía una o dos balas, así la dejó su papá…," her voice was a thinning stream of water turning thick and blue, like a fateful melody about to break in hundreds of dull pieces.

"let's go to the place where his father had the accident," I said, recognizing a sudden horror in her eyes.

Alberto's mother drove an old crimson Corolla. It was better not to tell anything to anyone at the school, she explained, convinced that if she had told the principal about the situation she would've called the police right away. I nodded, thinking about the news regarding police brutality in the United States. It was not a long drive, at that time of the morning most people were at work and the avenues were almost empty, plus Alberto's mother had driven constantly fifteen miles above the speed limit.

"Ahí fue," Alberto's mother pointed with her finger towards a tall building of mirror windows, the gray of the clouds was reflected like an infinite grisaille. A huge sign of "For Lease" guarded the front of the building. We saw Alberto standing right before the gate, he was wearing his everyday black hoodie and his baggy denim pants; the gun, in Alberto's right hand, seemed bigger than it was. I really do not anything about guns, but despite the magnifying effect that it produced in a child's hand, it was definitely a small caliber.

Right when Alberto's mother parked the car, both of us shouting in unison his name, he was already pulling the trigger. He pointed high up, towards the upper levels of the building, but we only heard a tiny explosion, because the structure of the building remained unshaken, silently reflecting the somber cloudscape.

I have never pulled the trigger of a gun, so I ignore the feeling it produces in the palm of one's hand, but I imagine that it makes one feel a burning effect or something alike, at least that is the impression that I gathered from Alberto's reaction: after the gunshot, he dropped the gun and shook his hand as if it were hurting really bad.

The first police patrol arrived quite soon, shaking the surroundings with the neurosis of the siren. Alberto's mother ran towards her son, moving her arms up in the air attempting to attract the attention of the two cops that were already pointing at Alberto with their powerful guns.

"Hands up!," they shouted both in unison to Alberto, who followed their order while his eyes were crying with evident despair.

One of the cops handcuffed Alberto, glaring at him with a mix of confusion and anger, telling perhaps himself that even Latino kids wanted to kill the Man and its monuments, like the postmodern building witnessing the scene right in front of us all.

I remember Alberto's glare towards me through the window of the police vehicle. He seemed disappointed and scared, and as the car moved away, with Alberto and his mother inside, I could not repress my tears anymore. I sat on the border of the sidewalk, suddenly realizing that Alberto's mother had left her car parked in a prohibited side of the street.

I looked up, it was drizzling.

FINAL ALTERNATIVO

(se necesita leer la novela *Wild North* para comprender
que este es un "final alternativo")

Rumbo a México, el autobús Greyhound hizo un receso para almorzar en un viejo restaurante adosado a la carretera federal que conecta el sur de Oregón con San Francisco. Recuerdo que me quedé observando la palidez seca del cielo, pues contrario a Oregón, en ese lugar de la Alta California no caía del cielo ni una lloviznita.

Entré al baño del restaurante y —dejando correr el agua del grifo— observé mi rostro con atención. Habían transcurrido varios años, sí, pero aún no era tarde para reconfigurar los datos de navegación de mi destino. El espejo reflejaba la imagen de una persona con energía en la mirada y, por ende, aún con posibilidades de hallar alguna forma de experimentar la felicidad.

Salí del baño observando las palmas arrugadas y resecas de mis manos. Me acomodé frente a una mesa desde donde se podía mirar la puerta principal y la caja registradora, y justo en el momento que mis asentaderas comenzaban a relajarse en el hule espuma del asiento la voz de un gringo me hizo apartar la mirada de mis manos.

"please stay where you are, I need to see your documents", era un tipo alto y rubicundo con uniforme azul marino de la policía.

"you talkin' to me?", respondí con indiferencia, sin mover ni un solo músculo de mi cuerpo.

"stay where you are and show me your papeles… *¿Hables espaniol…?*"

No tuve ni siquiera deseos de oponer resistencia. Afuera del restaurante, a un lado del Greyhound, me subieron a una camioneta pintada de color ceniza y después de varias horas de camino, con sólo una botella de agua y sin comida en el estómago, fui testigo del proceso que me transformó en un interno uniformado de anaranjado del centro de detenciones de Adelanto, cerca de Los Ángeles. Como había visto en las películas que la anglo people siempre pide un abogado cuando la llevan a la cárcel, le exigí a los varios guardias que me trasladaron a mi celda que necesitaba ver a un abogado. "I need to see a lawyer", reclamé, pero los guardias se limitaron a intercambiar miradas burlonas entre sí.

Esta mañana un tipo vestido de traje, al parecer my lawyer, me entregó un pedazo de papel con un sello y una firma oficiales. "No hay manera de que te defiendas, te deportarán", explicó de forma sucinta, luego dio la media vuelta y se alejó con paso firme. El papel explica que al día siguiente tengo que comparecer ante el juez que ordenará que me avienten de regreso al otro lado.

Tomorrow, in front of that judge, hopefully there will be a big crowd witnessing my sentence, then I'll finally have the opportunity to turn around and shout at them -glaring at their faces with all my hate and the remains of my youth- that I declare them guilty for the murder of my cousin, and that one day, it does not matter if it is far away in the future, in a future that their sicken imagination cannot even imagine, that one day we'll overcome, and I only need to close my eyes to see that day coming: we'll be millions fighting together against their hate and indifference. And I only need to close my eyes to see that day coming…

MURO DE CONTENCIÓN

Siempre regresa. Es una sensación imprecisa en una parte indeterminada del cuerpo. Lo seguro es que ocurre en el cuerpo. No sé si se origina en nuestro interior, porque cuando la sensación es detectada ya es muy tarde para afirmar si se originó ahí o en otro lugar. Su estrategia parece ser la siguiente: ataca por sorpresa, anida y luego crece como un ruido profundo, que rezumba en las paredes diminutas de una oquedad interna que resulta ser todo el cuerpo. Y así el ruido se desmorona y nos llena de una porosidad pétrea, algo parecido a una piedra volcánica en estado de incubación. Por eso después el ruido se transforma en un solo latido, que siempre regresa, cuyo mensaje cenestésico es "no vale la pena continuar aquí, la sensación va a regresar". Hasta un niño de ocho años se suicidó en un lugar llamado Durango debido al abordaje de esta sensación. El suicidio infantil es más común de lo que estamos dispuestos a reconocer.

SHERLOCK

Me han llamado y ahora voy en camino. Con frecuencia, más de la deseada, mi teléfono chirría y del otro lado escucho la voz de un extraño que sin tacto ni consideración me exige que repare su conexión de Internet. El mundo virtual ha revolucionado el mundo entero, pero en mi caso sólo lo ha poblado con voces redondas que ruedan por mi cabeza a todas horas. Por eso mismo ahora conduzco, voy hacia un lugar que me parece familiar, Lake Oswego, pero que sin embargo nunca he visitado. La mayoría de los clientes que suelen llamarme viven en el lado este de la ciudad, y Lake Oswego está en el oeste. No es necesario tener un sentido muy acusado de los puntos cardinales para saberlo, la ciudad es atravesada por un río de aguas apelmazadas y grises, cuya corriente discurre de sur a norte. Deducir dónde está el este y el oeste, con la información que he mencionado, es bastante sencillo.

Por lo demás, soy un gran conductor. Lo hago con una mano, la izquierda, y con la libre tamborileo en el tablero de mi van tipo Astro, esas que parecen ideales para secuestrar a prospectos a convertirse en criminales de guante blanco, pero que por el contrario también parecen ideales para escuchar, con un puntero laser y una fotocélula, las conversaciones de prospectos a convertirse en criminales de guante blanco. En este país a los criminales de guante blanco les dicen *white collar criminals*, quizá porque en el fondo son perros que hacen muecas angelicales: ratas aladas: transas.

De acuerdo con el tablero de mi GPS, un sofisticado aparatijo que te dice dónde estas y hacia dónde te diriges, mi destino está a escasos cien metros delante de mí. Es una casita mona pintada de color azul pastel, con un jardincito descuidado y un porche como los que tienen las casas del sur americano. Un rostro, embozado con el cortinaje, se asoma con harta prudencia en el borde de la ventana. Un rostro que no es joven pero tampoco viejo, un rostro que puede tener la misma edad que el mío. Veamos: mi trabajo me expone a tantos rostros de tantas edades que no suelo observar con detalle sus posibles edades. Pero este rostro, apenas vislumbrado a través de una breve rendija, ha llamado mi atención como otro no lo había hecho antes.

Vamos con la rutina, para no variar: tomar mi cuaderno y caminar con rigidez hacia la puerta de la casa de marras. Tocar con los nudillos sobre la madera sólida, después hacer sonar el timbre y dejar que todos en el interior de la casa se enteren de que estoy aquí: ¡estoy aquí!: ding y dong: una mujer, la misma que espiaba antes desde la ventana, se acomoda primero el peinado y después abre la puerta sonriendo con espaciosa naturalidad.

Sí, sí, soy el trabajador de la compañía de Internet, estoy bien, sí, sí dónde está la computadora, veamos cuál es el problema. ¿Hay alguien más en la casa? Quisiera saberlo pero tal pregunta sólo haría dudar a la mujer, así que miro tanto como puedo: nada, el camino está libre, pero esta mujer quiere primero que su conexión de Internet funcione de nuevo. ¿Qué tanto tendremos en común? Me refiero a la mujer y yo. Por lo pronto, nos une el Internet, la expectativa de su funcionalidad, la expectativa de que lo repare y la mujer, tan mona, se siente de nuevo a llevar a cabo sepa qué veleidades cibernéticas. ¡Hela aquí!, la máquina, ni buena ni mediocre, un modelo aceptable para llevar a cabo lo más elemental sin contratiempos. Que la mona mujer quiere enviar un correo electrónico, pues ahí está. Que le apetece mirar una película en línea, hela ahí sin demoras ni interrupciones. Que hagamos las compras navideñas sin salir de casa, pues muy bien, todo muy moderno, sí, sí. Y así etcétera que etcétera. Una computadora funcional, nada de otro mundo, pero tampoco nada desdeñable. Pero con todo y su funcionalidad, el Internet no funciona, vaya paradoja de la modernidad, que las maquinejas todopoderosas se conviertan en gruesos harapos apestosos, pero para eso estoy aquí, para lavar el harapo y mostrar a la clienta que después de todo la vida no es sólo un valle de lágrimas, que con sólo conectar el cable de ethernet la maquineja vuelve a despertar. Sin embargo, este no es el caso, es menester más que un simple crujido del enchufe, la conexión está verdaderamente desfigurada, así que a configurar: bing y bang: teclas por aquí y por allá: casi listo.

Algunas veces es necesario que regrese a mi van tipo Astra por mi maletín de herramientas, pero este no es el caso. Un poco más de tecleo y la conexión volverá a funcionar: seis, cinco, cuatro, tres, dos, uno... cero: portento, el Internet ha vuelto y la mona mujer sonríe y se acomoda otra vez el peinado. Me ofrece un vaso de agua, así que lo acepto y comienzo a lucubrar todo lo que ella y yo podríamos hacer juntos, desembarazados de la maquineja y la conexión a Internet.

Bebo el agua con mesura mientras hago comentarios falaces con respecto al mantenimiento de la maquineja. Sí, sí, muchas gracias, qué amable. Después me lleva a la puerta y me despide con un efusivo "hasta la vista". Me alejo intrigado: vivirá sola o será que la familia está fuera de casa. Pero, ¿a estas horas? Bien podrían estar todos los demás, es decir, los hipotéticos hijos y marido, en el club. Pero, ¿por qué ella se quedó en casa? Se podría decir, con el vistazo que le di, que la mona mujer se ejercita con cierta regularidad. Unas cuantas sentadillas y otro poco de caminadora, lo suficiente para conservar el tono muscular sin llenarse de sudor: vaya perfección: el tono.

Enciendo el motor y me alejo feliz, pensando en las tantas razones por las que la mona mujer no acompañó a la familia al club. Formulo sólo conjeturas, es una de mis distracciones más comunes mientras conduzco bajo el cielo gris de la ciudad.

*

Llegar por el solo hecho de llegar y saber que he salido y ahora regresado e incluso nunca podría haber salido. Regreso del trabajo con las novedades del día. Abrir el refrigerador por el solo hecho de abrirlo y reconocer lo que tan bien ya conozco. Reterreconocido interior con olor a formol y tantas novedades. Un recuerdo semejante a un corto cinematográfico me ataca: la vez anterior en el supermercado caminando feliz por los pasillos de productos antes insospechados:

chocolotinas con sabor a lavanda: queso importado: bebidas de soja endulzadas con miel. Sin el supermercado tan pocos motivos para vivir. Llenar la canasta de productos antes ignorados y ahora reterreconocidos. Llenar por el solo hecho de llenar y regresar a casa y abrir el refrigerador y sonreír embelasado por las novedosas novedades. Tsss, abrir una lata de soda importada con sabor a diamantes. Sí, sí, todo marcha tan bien y el hogar dulce hogar que me he procurado es lo más dulce que he tenido desde que conocí a Casandra. El hueco del sofá, un cráter con la forma exacta de mi trasero sin nalgas, planicie partida por la mitad como una perilla de galán hollywoodesco: variedad anatómica inferior a la de la mona mujer. Digamos que su nombre es Casandra, una belleza, sin duda.

Pero el sillón retemullido me recibe sin reparos. Y

luego está el televisor, ¡vaya sintonía de semejante

armatoste con cara rectangular intrigada! Intrigas

en la programación: detectives tras el misterio:

cambio de canal: plack y plack: shh y shh: intrigas

que no le quitan el sueño a nadie. Lo que sí está

para quitar el sueño es la familia de Casandra, la

contingencia del marido y la prole, dos niños que

se parecen a él, feos entonces. Pero la verdadera

intriga reside en mi papel, en mi entrada al

proscenio ¿Dónde entro yo? ¿Entro o salgo? Por

lo pronto he llegado y miro el amplio televisor,

mientras saboreo una rica soda con sabor a

diamantes. Las ideas bullen más que las imágenes,

un runruneo contrarrestado por mis lucubraciones con respecto a Casandra. Uuyyy, qué peinado aquel que tan bien se acomodó en dos ocasiones. Vaya detalle ahora fluorescente, antes apenas carnal, sugestivo, iniciático en la medida en que dio inicio a lo nuestro. Lo mío y lo de Casandra, ahora lo nuestro. O, ¿más bien sólo mío? Pero mejor será compartirlo. Mejor apago esta chingadera y dejo a un lado la soda novedosa (empresa noruega, industrias nórdicas a la altura de los tiempos): fugacidad: hambre encabronada. Ahora salir más por el hambre que por el entusiasmo de exponerme. Nada exhibicionista, por supuesto. Clima aceptable: llovizna: run y run el motor. Una vez más conduciendo, celular apagado porque mi turno ha terminado. Comida china: fritura: sabor apelmazado: china para no variar. ¿Qué hará Casandra en este momento?

¿Me estaré enamorando?

TREN DE REGRESO

Llegué temprano, exactamente con veinte minutos de anticipación. La noche anterior el oncólogo Ramírez me había explicado la naturaleza de mi afección. Lo único que me quedó claro fue que la amígdala es la glándula que recibe el flujo emocional, después el proceso se complica y desemboca en aguas tan indiscernibles como el comportamiento humano, porque la verdad es que no comprendo los motivos de Silvio, sus repentinos exabruptos, la incontrolable locomoción de su ira.

Cuando el oncólogo terminó su kilométrica disquisición, después de pronunciar palabras como parasimpático, tálamo, límbico, me tendió la mano

con mucha gentileza y me miró con una profunda

ternura. Adiviné el sentimiento de su mirada

porque mi madre solía hacerlo de la misma manera

mientras me curaba algún raspón con Merthiolate,

pero de eso hacía ya demasiado tiempo, y a Silvio

nunca lo ha caracterizado la efusión emotiva. Con

esto no quiero decir que sea un hombre insensible,

por el contrario, expresa su bondad a través de

otros medios, como cuando llega por la noche con

una bolsa llena de conchas de chocolate porque

sabe que son las que más me gustan.

El oncólogo, el doctor Ramírez, ha sido

muy amable desde la primera consulta, pero

después de nuestro encuentro la noche anterior no

tendré que darle ya más molestias. Estoy segura que tendrá otros pacientes que todavía tienen esperanzas. Aún recuerdo cómo se alejó con premura por el pasillo del hospital, reluciente bajo la luz terriblemente blanca y fulgurosa de las lámparas, y desapareció por las escaleras que conducen al Pabellón Sur del edificio de oncología. Confío en que si todo resulta como lo hemos planeado, aquella habrá sido la última ocasión que lo vea.

*

Regresé a casa con buen ánimo, estrechando con emoción el papelito que el oncólogo Ramírez dejó en mi mano cuando se despidió. Dios sabe que siempre me sentiré endeudada con él, sin su ayuda no habría sabido qué hacer ni cómo decírselo a Silvio.

Cuando abrí la puerta, Silvio estaba sentado frente a la mesa, mirando con detenimiento el vaso de leche que se disponía a beber. Me dijo que no había encontrado conchas de chocolate, pero que me había traído un garibaldi. Se adivinaba en su voz el cansancio, pero desde hace ya muchos años no le pregunto cómo le fue en el trabajo, pues el solo hecho de pensar en lo que con tanta desgana realiza durante ocho horas diarias lo pone bastante nervioso. Desde la primera vez que Silvio perdió los estribos y no pudo ya controlar su conducta, ya desde aquella vez me explicó que los nervios con frecuencia lo devastaban: "Es que los nervios me comen...", dijo con voz trémula y se llevó las manos a la cabeza, pidiéndome disculpas. Yo lo consuelo cada vez que sus nervios se convierten en famélicos caníbales, pues he llegado a comprender que hasta la persona más intachable y estoica llega a padecer <<incontinencia nerviosa>>, abandonándose a la voluntad de su cerebro límbico. Pero Silvio es un buen hombre y piensa en mí incluso cuando el expendio de pan El Alcatraz no tiene conchas de chocolate.

Me senté frente a Silvio y lo miré con detenimiento, intentando reproducir la mirada que el oncólogo Ramírez me ofreció cuando se despidió de mí en el hospital. Silvio miraba alternativamente el vaso de leche y mis ojos, transcurriendo más tiempo en la densa blancura del líquido. Le pregunté si nunca se había hecho un raspón, "Pues claro, de niño..." Inquirí si su madre lo había curado con Merthiolate o con algo similar. "Los raspones me los curaba mi padre, con sal y limón, dolía un carajo..."

Fui a la cocina a servirme un vaso de leche y regresé a la mesa con Silvio, que extraía de la bolsa de papel de estraza el garibaldi cubierto con chochitos de chocolate. Tras darle un mordisco, le comenté, de manera abreviada, lo que el oncólogo Ramírez tan detalladamente me había explicado. Silvio se quedó mirando el fondo del vaso, ahora vacío, sin decir nada. "Ya sé lo que quiero hacer, Silvio", dije decidida, mientras me llevaba el garibaldi a la boca.

Se quedó sentado mirándome morder el garibaldi, que algunas veces sopeaba en el vaso de leche. Cuando terminé, se llevó los vasos a la cocina y los enjuagó bajo el grueso chorro de agua del lavadero. Regresó a la mesa y permaneció de pie frente a mí, mirándome con enojo. Le pedí que se sentara y que por favor no se enfadara conmigo. "Quizá esta sea la última noche que pasamos juntos Silvio, por favor…", dije sin ningún temor.

No dijo nada durante el resto de la noche, pero yo ya había decidido ir a encontrarme con la persona que el oncólogo Ramírez me había amablemente recomendado. Incluso, muy gentil el doctor, él mismo había concertado la cita, de modo que yo no tuviera que hacer los preparativos de mi suicidio asistido. "La eutanasia", como la llama el doctor. No tolero la idea de que Silvio me vea en un estado lastimoso, cuyo desenlace llegará después de un proceso triste y lleno de frustraciones. El mismo doctor Ramírez me ha dicho que en un momento determinado podría <<atrofiarse>> mi memoria y entonces me olvidaría de todo, desde mi propia identidad hasta la de mis seres más amados, y no me hago a la idea de desmemoriarme de todo el amor que he tenido por Silvio y renunciar al recuerdo de los raspones que mi madre me curaba con Merthiolate, ni de olvidar la tarde que enterramos a papá, porque también los acontecimientos fúnebres, incluyendo los más acérrimos y tristes que hayamos vivido, ascienden de las profundidades de nuestra memoria para infundirnos una vez más el incontenible deseo de vivir. Sin la memoria, quizá ya desde hace mucho tiempo estaría perdida en el laberinto de los días, porque no tengo la fortaleza de Silvio para aferrarme como péndulo a los latidos momentáneos e incesantes del tiempo, el cual nos impone siempre un presente demasiado absoluto, imposible de aprehender para seres de condición tan precaria como nosotros.

No dormí durante toda la noche, nada más comenzaba a reconstruir algún acontecimiento de mi infancia, otro sobrevenía con más insistencia, y hasta llegué a mirar sonrisas y voces con los mismos colores que tuvieron en su efímera existencia pasada. Cuando pienso en los higos con piloncillo que nos servía mi madre de postre o la ruda que condimentaba el pan que don Pánfilo sacaba del horno, aún puedo sentir sus sabores, paladear el dejo aromático de la ruda en mi boca.

Y tú, Silvio mío, no sabes qué bien te he llegado a conocer, sé que tus intenciones son buenas aunque la mayor parte de tu vigilia la transcurras con los nervios pendientes de un hilo. Desde que te conozco eres arisco y hosco, pero nunca has dejado de pensar en las conchas de chocolate cada vez que cruzas frente al expendio de pan El Alcatraz.

Cuando te recostaste sobre la cama, junto a mí y sin decir nada, primero me preguntaba qué estaría pasando en aquel momento por tus pensamientos, hasta que los recuerdos comenzaron a interrumpir esta obsesión y terminé perdida en detalles, ahora anodinos, de mi infancia. Tan pronto como te abandonaste a la sedante inconsciencia de tus sueños, buscaste mi calor, lentamente rodaste hasta donde yo estaba y te acurrucaste con fuerza contra mi cuerpo. Entonces más recuerdos se congregaron frente a mis ojos y ya no pude conciliar el sueño...

*

He llegado con veinte minutos de anticipación para tener la oportunidad de pensar en la noche anterior, desde mi entrevista con el oncólogo Ramírez hasta la respiración cálida de Silvio palpitando en mi hombro. Imagino que estoy en los andenes de una vieja estación ferroviaria, esperando el tren que me llevará de regreso a casa. Comienzo a escuchar el silbido que anuncia su llegada, entonces comprendo que ya es demasiado tarde para regresar junto a Silvio y reprocharle que nunca me haya dicho que me amaba.

-26 de mayo de 2011

LA TRISTEZA DE SER UNA GALLINA

Se puede decir que la paz es un concepto inalcanzable para nosotras, porque los gallos se cuecen en una olla aparte, su carne es más dura, no podría ser de otra manera; la paz es un horizonte hacia donde nunca miramos. Si se nos mira con calma, con ojo émulo de entomólogo, se puede apreciar que nuestros sentimientos atraviesan un espectro muy reducido: del miedo al terror, y de éste a la pesadilla, después el ciclo se repite una y otra vez. En contra de lo que se suele pensar, experimentar la rudimentaria guillotina no es lo peor que nos puede ocurrir; en la vida siempre hay cosas menos deseables que esa. Porque la verdad, y esta es mi impresión, la muerte es algo que apenas y dura: te apresan después de haberte elegido con días de antelación, después te llevan al lavadero, ése donde todos tus antepasados del corral han dejado su charco carmín, y tras inmovilizarte las patas, comienza el inefable corte en la yugular… Hay gallinas que han logrado zafarse del torniquete aplicado en las patas y, durante un par de minutos inolvidables, han revoloteado descabezadas a trochemoche. Despojarse de la razón, del miedo a que la razón no sea tan precisa como se piensa, es algo que las gallinas atravesamos en algún momento de nuestra breve vida. Sin cabeza, pienso, la razón ya no importa.

Una de nuestras más grandes tragedias es tener una memoria terrible, si apenas y recordamos, y cuando lo hacemos las imágenes son siempre borrasca, lapsos de tiempo incoherente que amagan con hacernos comprender algo ininteligible para nuestros minúsculos intelectos. He llegado a creer que la felicidad, y también el dolor, reside en la facultad de recordar, de hacer memoria de una misma. Ya antes había dicho que nuestra vida transcurre en las tenazas de un ciclo irremediable: del miedo al terror y después a la pesadilla, y es bastante obvio que estos tres sentimientos no se distinguen demasiado entre sí. Por ejemplo, si estamos reconcentradas en el gallinero, sumidas en un sueño que nunca se concreta, y de nuestras mullidas entrañas un huevo intenta abrirse pasa hacia el exterior, eso que es tan propio de nosotras y toda nuestra especie, es decir poner huevos, o expulsar huevos, nos produce el más agrio de los miedos, pero también sentimos terror, y a la vez nos apresa la sensación de vivir en una pesadilla interminable. Y aunque estoy convencida de que vivimos en un ciclo que parte del miedo y se consolida en la pesadilla, atravesando por el terror, también estoy convencida de que vivimos estos tres estados de forma simultánea, un ciclo en que los estados que lo componen ocurren de forma simultánea, una aporía quizá, pero la vida de una gallina es siempre una contradicción, una línea incoherente que sin visos de cambio se transforma de repente en un ángulo imposible de medir.

Hay algo que tengo que aclarar, que siento que debe ser aclarado, a saber que por más que lo pienso, la distinción que se suele hacer entre sueños y pesadillas está infundada. Porque las gallinas tendemos hacia la pesadilla, una borrasca que anega nuestro inconsciente o subconsciente produciendo en nuestro interior repetitivos sobresaltos, como un hipo desmesurado que no sabe cómo amainar. Pero a pesar de todas las tinieblas que trae consigo, la pesadilla no deja de ser un sueño, uno macabro o espeso, pero un sueño después de todo. A los sueños se les concede un talante casi poético, maravilloso, una ficción que da gusto experimentar, pero los sueños y las pesadillas también suelen confundirse, no todo puede ser de un mismo color, ya el hecho mismo de continuar viviendo en un tiempo indeterminado mientras uno duerme es una monstruosidad, bella, pero monstruosidad al fin y al cabo. Y si los sueños y las pesadillas se oponen, pero las pesadillas tienen lugar mientras uno sueña, desplegando de esta manera una sombra sobre la nitidez pacífica del sueño, si esto es verdad, lo es también que los sueños y las pesadillas viven mezclados, luz y sombra entreverados en la ficción onírica del más allá. Además, y por último a este respecto, si soñar es un verbo, y la pesadilla se opone al sueño, entonces "pesadillar" debería también ser un verbo. Soñamos y pesadillamos, y

todos en paz, incluidas las gallinas.

HISTORIA DE UN HOMBRE DEVASTADO POR EL SIGLO VEINTE

Le pedimos a Leonel Dax que nos contara una vez más la historia de su vida, desde el significado de su nombre hasta el maratón interminable que corrió, sólo a medias, en la ciudad de Nueva York.

No eran sólo las caguamas que se sucedían en fila india sobre la mesa del consistorio, sino la admiración plena que teníamos por Leonel y sus historias increíbles, que en más de una ocasión ahuyentaron la noche espesa y espiralada, maligna como la más terrible de las chingadas, que a las latinoamericanas y a los latinoamericanos nos ha tocado vivir.

Sí, naturalmente a la noche le teníamos pavor, como si de sus zozobras lo único que regresara fuera el álgido recuerdo de los amores perdidos y las batallas claudicadas sin llegar siquiera al campo de batalla. Pero Leonel se lo tomaba todo con calma, nos miraba desde el fondo del consistorio con el cigarrillo colgándole de los labios, sin inmutarse y más bien como si llevara ya mucho tiempo muerto, y después de un amago de bostezo se sacudía el frío perpetuo que lo habitaba y comenzaba a contarnos fábulas.

Su voz era como un lienzo arrugado, igual que su frente, en el que se recreaban episodios de una infancia sin pies ni cabeza, de una adolescencia abigarrada de perplejidades, de amores insolubles, drogas nefandas que entraban por las venas y salían por los poros, de una edad adulta inquebrantable y ensimismada como un farallón: Leonel Dax, sin el menor atisbo de dudas, era el típico viejo sesentón que se refugiaba entre una multitud de jóvenes valemadre para decirse a sí mismo que su vida había tenido sentido, que ese maratón que corrió a medias valía más que todos nosotros juntos, reunidos en el consistorio entre botellones vacíos de cerveza.

En suma, Leonel se zurraba en nuestras narices mientras nosotros le rendíamos una devoción panzona y podrida, él era nuestro Buda, nuestro Confucio henchido de aforismos insultantes, la única voz que escuchábamos con la

misma insistencia y atención con que
escuchábamos las canciones de moda que salían de
la radio.

Y así estaba a punto de ocurrir una vez
más, Leonel comenzaba a salir de su
anquilosamiento, su voz empezaba a inundar
nuestros cielos interiores, una voz como
nubarrones deshilachados que se infiltraba en
nuestra consciencia al grado de hacer que nos
alejáramos de la realidad consistorial que tanto
detestábamos.

Después de escuchar hablar a Leonel, como
ahora mientras recuerdo la primera vez que
escuché la historia de su vida contada por él
mismo, sólo entonces caí en la temeraria necesidad

de descalificar por inútiles todas las lecturas que habían servido de pábulo a mi imaginación. Sólo escuchando a Leonel logré adquirir conciencia de mi situación concreta, de la opresión laxa que mis padres ejercían sobre mí. Nunca antes había imaginado que la opresión era un ejercicio y que la derrota pudiera ser una experiencia concreta como un puñetazo en el estómago, como quemarse la punta de la lengua con el café sulfuroso de Starbucks.

Y una vez más estábamos todos reunidos en el consistorio, bebiendo caguamas Carta Blanca, conmovidos ante la expectativa de que Leonel nos contará, una vez más, la historia de su vida, desde el significado de su nombre hasta el maratón que corrió a medias en Nueva York…

Cuando hizo el amago de abrir la boca, cuando sus labios se despegaron y un hilo pegajoso de saliva se tensó irradiando un brillo casi beatífico, sólo hasta ese momento nos quedamos todos callados. Leonel nos miró, seguro de que el tiempo le pertenecía y de que nadie se atrevería a interrumpirlo, entonces comenzó a hablar, muy despacio, porque estaba consciente de que todos los que estábamos ahí reunidos padecíamos de un agudo déficit de atención, como si quien hubiera bautizado nuestra incapacidad hubiera tenido bien claro que esta insuficiencia intelectiva estuviera subordinada a la situación económica del país, un déficit de atención, un déficit de caguamas, ¿qué más daba?, la realidad que nos había tocado vivir no auguraba salvarnos de la estupidez ni de la deuda externa, así que mejor dejo de pensar e hilar retazos de emociones encontradas y me concentro, a como dé lugar, en la historia de la vida de Leonel Dax, cuyos pasajes siempre comienzan con la irrisoria consigna de "¡Sufragio efectivo, no reelección!"

El árbol genealógico de Leonel no era ni siquiera frondoso, y sus raíces eran apenas un ramillete de debilísimos filamentos que no terminaban de pegar en el territorio donde constantemente se las trasplantaba. Figuraban entre las filas lánguidas de la presunta primera generación, un puñado de tatarabuelos cuyos nombres incompletos eran complementados por la inveterada tradición panadera que corría por su familia.

A veces le entraba nostalgia a Leonel y afirmaba que por lo menos la mitad de aquellos tatarabuelos panaderos había llegado desde España, en carabelas de popas redondeadas como los magnánimos glúteos de las olímpicas titánides, pero cuando la nostalgia no entraba dentro de los ánimos de Leonel y en cambio su talante se tornaba arisco y desenfadado, cuando las aletas de su nariz se tensaban y su voz se hacía más ronca, entonces la nostalgia se desvanecía y en su lugar Leonel construía los anales de sus antepasados con un aire más realista, así que no dudaba en afirmar que sus tatarabuelos de la masa y las almendras, aquellos que seguramente habían confeccionado alfajores y semitas de trigo holgazán, que toda aquella estirpe que corría por sus venas ascendía de los pueblos mexica y tarasco, y que la profesión de panaderos era el síntoma palmario que corroboraba el mestizaje, la profusión de sangres, humores, quehaceres y temores, todos juntos y mezclados en los molcajetes trituradores donde se amasaban y condensaban los sabores de un pueblo milenario pero naciente, incipiente en su formación huraña y desigual, como las patas de araña que atestiguan sobre el papel el tierno intento de caligrafía, de autodefinición de uno mismo: la firma meona, carajo. De manera que unas veces la retaguardia, el germen histórico e historiado, que justificaba la existencia ufana de Leonel Dax había llegado en carabelas voluptuosas desde España, del puerto de Cádiz para convertir a sus olvidados parientes en un grano más de historia, pero otras, que eran las más verosímiles y cada vez más frecuentes, su origen era indio, milenario e incipiente, indio mexica y tarasco, prehispánico como el Templo Mayor, pero mestizo como el Templo Mayor junto a la Catedral, edificio rezagado y mezcla inapelable de estilos y delicuescencias novohispanas, mausoleo del padre y los héroes de la patria y, al mismo tiempo, del primer franciscano en llegar a la Nueva España.

Y ahí mismo era donde Leonel hincaba sus orígenes, doblaba las piernas, como el decía, en son de paz y con la leve intención de darle cuerda a sus antepasados se ponía a cantar como borracho feliz: un tatarabuelo panadero, otro más repostero, otro panadero y así hasta enumerarlos a todos sudando gotas caliginosas de sudor entre los hornos y la masa que, no sin razón, le indicaba la ansiada fórmula de la piedra filosofal.

De las tatarabuelas, por su machismo heredado y reticencia en materia femenina, que era más bien robusta ignorancia de los avatares de la femeninitud, de sus tatarabuelas nunca habló, hasta que una noche, rodeado por los rostros babeantes y borrachos de la juventud valemadre que le servía de fiel auditorio, decidió complementar su historia con una descripción exhaustiva y bien concreta de los quehaceres y faenas que sus tatarabuelas llevaron a cabo bajo la sombra mansa y corrupta de sus maridos.

Entonces de los rincones más herrumbrosos de la memoria de Leonel, de los recovecos empolvados de su intuición y hasta de la planta de sus pies, se levantaron ingentes las sombras de sus tatarabuelas, libertadoras cada una de ellas, procuradoras de la tradición y la cultura voluminosa que los mexicanos y las mexicanas con frecuencia impostan justo frente a sus inseguridades, justo frente al hueco sempiterno de magnitudes verticales y horizontales que la historia hegeliana ha trepanado en nuestra memoria sin confín.

En ese momento, mientras la voz de Leonel adquiría más claridad y yo me afanaba a la boquilla de mi Carta Blanca, pensando en su sabor glorioso y su frescura tersa, en ese momento de revelaciones, mientras observaba la expresión de idiotizado de Jacinto y de muy lejos nos llegaba el rumor de las pisadas gigantescas del conciliábulo de tatarabuelas de Leonel, en ese momento hubiera querido levantar la mano y preguntarle a Leonel si podría dejar de contar su historia sólo durante unos minutitos, pedirle que le diera un apretón al botón de pausa de su reproductor de historias para que pudiera ir a comprar más cervezas Carta

Blanca, que no me tardaría, que la tienda estaba a dos pasos del consistorio, que cuando en el rostro de Jacinto se dibujaba el signo amplio y rotundo de la idiotez, lo único que lo sacaba de su trance era más cerveza, pero no me atreví a interrumpir la marcha totémica, femenina y libertadora que Leonel narraba sin miramientos ni eufemismos, como si arrobado por el descubrimiento de sus ancestros femeninos, inundado del olor enteógeno que el aleteo de sus tatarabuelas destilaba por el consistorio entero, como si con el reconocimiento de que en realidad, pese a sus dudas, había tenido madre, mucha madre como tiempo después Jacinto esgrimió contra nosotros, arguyendo que tanta cerveza comenzaba a minarnos más allá de nuestras deficiencias intelectivas, hubiera olvidado que la audiencia que tenía enfrente, eso sí devota y leal, no era más que una manada de disminuidos, de cubos multicolor rebosantes de déficit de atención, un déficit por lo demás en boga y bastante difundido, no éramos sólo nosotros los recipientes de tanta maldad, sino que hasta en los lugares de tradicional inteligencia el mal había arraigado con encono. En la China y en Japón la atención era tan escasa como en nuestro continente. La claridad intelectiva que supuestamente definía a los alemanes era cada vez más tempestuosa, más inusual, y así como nosotros nos decantábamos gota a gota a través del alambique de las canciones de moda, la cerveza y los teléfonos celulares, del mismo modo se exprimían el alma los jóvenes de Gran Bretaña, Francia, Estados Unidos, Rusia, etcétera, etcétera. Así que nuestras deficiencias nunca nos procuraron un sentimiento de inferioridad ni suscitaron en nuestro talante escozores ni resentimientos. Éramos como el resto de los jóvenes valemadre del mundo, flotando de manera concéntrica en derredor de nimiedades mayúsculas, de gestos vistos en la televisión, de frases hechas y recontrahechas, de poses practicadas hasta el cansancio —como aquellas que yo adoptaba frente a Julia cuando estábamos solos—, de ignorancia y preguntas que no formulábamos por temor a la condescendencia de aquellos que sabían las respuestas, de latas de Coca-Cola y caguamas Carta Blanca o Heineken o Quilmes o Mahou o Stella Artois o Sapporo. Incluso las historias de Leonel, su presencia suficiente y arrugada como papel cascarón, nos empujaban a una periferia rodante, que se abismaba en una rotación insensible y achacosa. Nosotros, que éramos los iconoclastas por excelencia, el resultado de centurias de evolución y progresos de todo tipo, revoluciones copernicanas, horas incansables de sexo, bombas detonadas, conciertos abarrotados, Internet móvil, y hasta teletransportación, con toda la historia y los triunfos con olor a derrota que nos respaldaban, nosotros éramos la raza, el eslabón que concentraba en su cerrazón redonda el sentimiento más absoluto de militancia creyente que jamás se haya conocido. Y la prueba estaba en nosotros mismos, en la mirada absorta que le ofrendábamos a Leonel, en las babas tontorronas que escurrían de nuestras bocas bebedoras de cerveza Carta Blanca, en la zozobra que nos arrebataba de la serenidad del consistorio mientras de los labios de Leonel brotaban sus tatarabuelas mexicas y tarascas, gruesos filamentos que unían sin protagonismos los nombres impolutos de la estirpe imprecisa de Leonel Dax, que no se inmutaba al escuchar las pisadas como cañonazos de sus tatarabuelas, todas diosas deshebradas a lo largo de una historia abocada a los banquetes, a los platos rebosantes de enchiladas rellenas con la carne deshebrada de las tatarabuelas del mundo, y ese pensamiento me cruzaba la cabeza, como el vuelo azaroso pero decisivo del águila que se quedó entumecida en el mítico nopal, mientras Leonel encendía otro cigarrillo y continuaba contándonos la historia de su verdadera infancia...

Cuando terminó de contar, Leonel nos miró con sus ojos llenos de sedición, y como si no estuviéramos ahí, frente a él, babeando y soñando como caracoles drogados, como si nuestra presencia fuera imperceptible, así y con toda la devoción concéntrica que le ofrendábamos a Leonel, simplemente nos dijo que nos fuéramos a chingar a nuestras madres. Luego encendió otro cigarrillo y abandonó el consistorio mientras a

Jacinto se le salía un pedo de pura tristeza.